청어詩人選 186

오래도록
사랑하는 법

김호숙 시집

청어

오래도록 사랑하는 법

김호숙 시집

발 행 처 · 도서출판 청어
발 행 인 · 이영철
영   업 · 이동호
홍   보 · 이용희
기   획 · 천성래
편   집 · 방세화
디 자 인 · 이해니 | 이수빈
제작이사 · 공병한
인   쇄 · 두리터

등   록 · 1999년 5월 3일
(제1999-000063호)

1판 1쇄 인쇄 · 2019년 7월 20일
1판 1쇄 발행 · 2019년 7월 30일

주소 · 서울특별시 서초구 남부순환로 364길 8-15 동일빌딩 2층
대표전화 · 02-586-0477
팩시밀리 · 0303-0942-0478

홈페이지 · www.chungeobook.com
E-mail · ppi20@hanmail.net
ISBN · 979-11-5860-674-9(03810)

이 도서의 국립중앙도서관 출판시도서목록(CIP)은 서지정보유통지원시스템 홈페이지
(http://seoji.nl.go.kr)와 국가자료공동목록시스템(http://www.nl.go.kr/kolisnet)
에서 이용하실 수 있습니다.(CIP제어번호: CIP2019026478)

오래도록
사랑하는 법

　　첫 시집 낸 지가 20여 년은 되는 가 봅니다. 원고 정리를 하다 보니 그간의 세월이 느껴지고 아주 오래된 시편도 있어서 고민하다가 그냥 실은 것도 있습니다.

　　이젠 더 이상 미룰 수가 없어서 한 권의 시집을 엮어봅니다.

　　어찌보면 내가 끈질기게 붙잡고 온 것이 이것이었다고 산에 올라 숨을 헐떡이며 보자기 하나 턱 던지는 마음입니다. 그리고 아래를 내려다보니 내 맘을 편히 받아준다는 눈으로 저 아래 잔잔한 호수도 보입니다.

　　마음의 짐 내려놓으려다 오히려 더 무거워지지는 않았으면 좋겠습니다.

청주 송화로에서

김호숙

오래도록 사랑하는 법

차례

2부

3부

4부

1부

그 여름 감나무

너희들 사이에 폭풍치는 내란이 있었구나
감꽃 진 자리마다
열매와 가지로 만나
주고받던 가슴 뜀이 속살로 차오르고
푸른 눈빛만도 그윽한 그늘이더니
믿음의 꼭지에서 등 돌려
영 떫은 낯으로 투신하는 무리들
빈자리를 못 견뎌 기진해진 가지는
공복의 생을 비틀어 짜고
떨어지는 놈들은 돌이건 보도블럭이건 가리지 않고 머리 부딪히며
필사적으로 멀리 가려 하지만
제가 안겼던 그늘을 벗어나지 못해
살아있는 것들 사이엔 갈등의 바람이 눈썹 세우고 있다가
수신되는 것마다 흔들어 대지
가슴 패이며 생이별하지 않아도
익을 대로 익은 인연은 떠나보내야 하는 것을
웬일로 이 여름

너희들은 서두르며 살고 있구나
홍시가 될 기억들로 겨울 양식을 삼겠다던 꿈만 매미허물처럼
달 허리에 걸어놓고
퍽 추울 겨울을 예감하는 여름 감나무 곁에

내가 선다
가볍겠다고 너무 벗어 던진

봄비

만개한 봄꽃
너에게로 가는 맘 훼방 놓으려고
비가 내린다

화사함은 잠시
비 맞은 꽃잎은 걷잡을 수 없이
무너져 내린다

짧은 영화였어도
미련 없이 내려놓는
저 큰 기개를 보아라

비 젖는 것쯤
꽃잎 떨구는 것쯤
눈 하나 까딱 않고
쏟아져 버리는 담담함을 보아라
떨어지는 벚꽃 앞에 봄비는
아무것도 아니다

떠날 줄 모르는 것들

한 집에서 오래 살다보니
집도 나무도 돌도
맘 트는 사이가 된다
문주란 꽃대가 밀고 나와 안부를 묻고
꾀부릴 줄 모르는 모과나무는
가지 휘도록 달려서
무거워서 어쩌나 안쓰럽게 하고
퇴근하는 나를
감나무 그늘이 먼저 맞이한다
어두운 뜰에 나와 서성일 때면
내 쪽으로 시선을 기울여 무슨 일 있었냐고 걱정이다
화난다고 마음 닫고
남도 되고
그럴 줄도 모르고
내가 버리기 전엔 떠날 줄도 모른다
열렬한 팬이라고 힘 실어주고
쉴 수 있는 그루터기를 내어준다

무슨 말을 해도 끄덕여주는 절친이 여기들 있었구나
절대적인 신의를 지키는 내편이 여기들 모여 사는구나

지금은

등꽃이 피었네요. 문밖에서 가만히 나를 지켜주다가 누군가 창
틈으로 편지를 밀어 넣듯 불쑥불쑥 향기를 보내주던 그 사람
등 휘어지는 고통 속에서도 저렇듯 고고하게 꽃을 피웠네요. 아
주 쓸쓸할 때면 내 안에 들어 불을 켜던 그 사람

지금은 어디 있나요?

겨울 강가에서

겨울 강가에 서 보렴
강은 물결을 몰아세우며 달려오지
내 겨울 이야기가 궁금해
건너편 강바람까지 우르르 데리고
퍽이나 심심했던 겨울강
반갑다고 뺨 부빌 때
볼은 떨어져나가라 아리지만
내 외로움이 풀리는 것 좀 보아
더 쓸쓸한 것들 속으로
더운 입김이 마구 섞이면서

물 들어왔다 간 강변

넘치는 욕망은 사람에게만 있는 게 아니다
강물은 여름이면
지상 높이 올라
호기 있게 산허리를 끌어안고 흔들고 싶었다
폭우에 인적 뜸하던 날
제 몸빛깔까지 변해가며 욕망의 몸이 불어서
눈 딱 감고 강변을 덮쳐버린 것이었다
폭우 멎고 정신 차려보니
산은 여전히 손에 닿지 않았고
물에 담긴 것들 숨 못 쉬고 헉헉대는 소리에 밀려
햇볕 붙잡고 슬그머니 물러앉았지만
물 빠진 강변은
물만 빠진 게 아니라
풀뿌리에, 나뭇가지에, 돌무더기에
욕망이 할퀸 자국들이 아프게 드러났다
오래 전에 물은 빠졌어도
발등 짓이기던 지난날의 무게를 움켜쥐며
그럴 수가 있냐고, 너무하다고
풀벌레는 죽어라고 목청 돋우고
갈대는 흰 뼈를 드러내며 삿대질을 해대면서도

온통 소용돌이로 휘어 감던 물살의 곁을 떠나고 싶진 않았다
날마다 몸을 씻는 가을 강물, 자성의 소리를 들어야하고
물에 빠지지 않으려고
가까스로 피해오는 눈발들을 기다려야 하므로

잎 하나가

잠시 걸음 멈춰보라고
예서제서 인기척
내게 얼굴 보여주고 가겠다고
곱게 차리고 매달려 있는
저 의리의 가을 숲, 잎새, 잎새
그래, 그래. 정이란 이런 거지
훌쩍 못 떠나고 기다려 주고
손 흔들어 주고
끄덕끄덕 지켜봐주고
떠나고 나서도 가끔은
있던 자리 서성여주고 그런 거지
바쁜 마음 눌러 앉히는 단풍잎 하나
툭 내게로 온다
아는 체를 한다

철쭉이 피었습니다

저렇듯 활활 타오르다가 때 되면 다소곳이 마음을 접고 기다리는 사랑을 시작합니다. 다가가면 너무 뜨거웠고, 돌아서면 재가 될 사랑이 아니어서 꽃들은 향기를 지니는 게지요. 오래도록 사랑하는 법을 그들은 어찌 알았을까요? 아름다운 것들은 서둘러 피려고 애쓰지 않고 지는 모습 또한 아프지만은 않았습니다

어떤 꽃밭

아는 사람은 다 알리라
어느 날 꽃이 내게 오기도
무리지어 피기도 한다는 걸

아들들 결혼시켜 내 보냈으니
거기도 한 무더기

축하해준 고마운 분들
거기도 한 무더기

웃음 머무는 일터
거기도 한 무더기

소리 없이 환해지는 속내
거기도 한 무더기

오래도록 내게 있어라
허공에 띄워보는 또 한 무더기

아는 사람은 다 알리라
어느 날 핀 꽃은
오래 머물기도 한다는 걸

덕담

나도 모르는 사이에 난이 피었다
어수선한 연말
눈길도 못주는 틈에
불쑥 꽃대로 올라와 내 사는 모습을 관조하는 넌
나를 힘들게 했던 난데없는 돌팔매의 날들?
이만하면 됐다
난 한 분 피운 것만으로도 내 한 해는 잘 살았다
서너 줌도 안 되는 산실의 흙은
내 힘겨운 표정을 밀치고
보살의 꽃심 밀어 올려
한 마디 덕담을 산뜻하게 건넬 줄 아는구나

내가 다 알고 있다고
꽃으로 태어나는 게 어디 아픔뿐이냐고

복숭아

복숭아가 상자 안에서
살을 맞대지 않으려고 포장에 둘러 싸여 있지만
안으로 삼킨 말들끼리 부딪히며 상처로 드러누워 있다
서로에게 가까이 다가가지도 못하는데
내 살이 닿아 상처가 생길까 두려워
몸을 뒤척이지도 못하는데
익을 대로 익은 살들이 서로 아파하며
짓무르고 있는 상자 속
서로를 돌봐주려는 맘이 향기로 퍼져 나오는가
코끝을 잡아끄는 농익은 냄새
이건 뭔가

나무에 매달려 서로를 알아가던 시절
옆모습 곁해 있는 것으로
세상이 제 것이더니
나란히 누워서도
서로에게 상처 될까 미안한
익을 대로 익은 인연을 골라낸다

개화

망설이지 않는다
가슴에 묻을 만큼 묻었다고
불붙었다고
확확 밀어붙이는 패기를
굳이 나무라고 싶진 않다
허허 대단해
나도 따라서 물들고 싶은 이 봄
마음 여백은 파릇파릇 울긋불긋
싫지 않게 난해하다
더, 더, 터트려도 괜찮다고
너그러워지는 세상
푹 파묻혀 보이지 않아도 좋다
난 이미 다 보여줬을 것 같은 생
더 필 것도
접을 것도 없는 시절에 섰다

철 지난 것에 대하여

외진 길옆 철 지난 아카시아
떨어지지도 못하고
오염 뒤집어 쓴 채
무겁게 매달려 있구나
기다림이냐 미련이냐
꽃잎, 하얗지도 않은 누런 꽃잎
훌훌 털어내고
잎만 푸르게 그늘 지으며 살지

못다 한 게 무어냐
무겁게 매달린 아카시아 꽃송이
즐겁게 바라봐도 무거운 게
꽃송이일 수가 있구나

겨울 바다

내게서 등 돌린 것들이
저렇듯 맵찬 파도로 달려올 수도 있는 건가
어긋남으로 뼈저리던 매듭의 한 끝자락 풀어 물고
내게로 오는 발길이라면
억지 쓰며 사사건건 볼 할퀴는 저 해풍쯤
내 몸으로 받으리

수신해야 할 그리움이 나만 하더냐고
깊이 모를 수심으로 응답하는 바다

멀리 있어서 아름다운 것이 무언가
해 저물면 보이지 않음으로 아득해지는 서로의 바다
속으로 움켜쥔 불편한 모래알들
슬며시 내려놓아도 해변은 모른 체한다

산 이야기

단풍입니다. 성급한 나무는 이미 헐벗었고, 서둘러 잎새 물들이고 저녁 햇살 받는 양지 바른 산, 뒤늦은 정열이 있어 퍽 붉은 기운이 돕니다. 이상한 일입니다. 산에 오르며 기억되는 잔상들은 이미 잊혀졌거나 오래된 나무뿌리 같은 것들, 밟히는 낙엽 속에서 언뜻언뜻 생각키우는 먼 산마을 저녁연기 같은 것들, 불쑥 솟아올랐다 이내 흩어져 버리는 그것들이 때로는 갈대인 듯, 풀잎인 듯, 가볍게 흔들리고 있습니다

흔들리는 건 내가 아닙니다
가을산이 아닙니다

강

물은 낮은 곳에서 나를 올려다본다
눈 아래 풍경은 이유 없이 만만해도
아무도 가질 수 없고
누구도 가질 수 있는 강
바라보는 것만으론 속이 차지 않아
남김없이 잔돌 내려놓으며 젖어들고 싶어도
너무 깊거나, 너무 얕은 나의 강
스스로의 무게가 버거울 때
살아있음을 알리려고
여기저기서 손을 드는 물 파문들
물은 물에 빠졌다고 하진 않아
저 찰랑이는 강도
목마를 때가 있는 게다
쉽게 소리 내지 않는 숲을 향해
고래고래 소리치고 싶을 때가

너희들을 구해주면 어디로 가고 싶으냐?

산수화

저렇듯 세상을 잘 살아온 사람이 있을까
사랑만큼 생의 향기도 깊어
곳곳에 믿기지 않는
미덕을 심으며 살아온 자
그 뿌리가 참으로 신비롭구나
호탕한 웃음소리만 들어도
꽃송이가 벌겠지
가슴 서늘하게 하는 우렁찬 폭포의 노래로
늘 살아있는 자
살아있게 하는 자
그가 여기 있구나

서해 1

총총한 걸음이다
출근 인파
부딪치며 뛰고 달리며
치열한 삶의 대열에서
출렁이다가
때 되면
정직하게 일한 흔적 뻘로 남겨 두고
빠져나가는 우직한 일상

저 뻘에 각인된 삶
누가 생의 무게를 함부로 말하랴
발을 옮길 때마다 진하게 묻어나는
하루의 노곤함
사는 일이 결코 만만한 맛이 아님을 말하고 있음이다

서해 2

뭔가 결판을 짓겠다고 대 부대로 몰려와
모래톱 들이 받으며
시위를 벌이는 파도
조금씩 전진하며
조건을 제시하고
구호를 외친다
맨손의 선발대는 생존을 위해 필사적으로 항거하다가도
제 맘 다스려
물러설 때를 알아 퇴진할 때는
저리도 순순히 돌아서는 것을
자, 봐라 이것이 삶의 현장이다
그들이 밟고 섰던 뻘은
삶의 흔적이 끈끈히 묻어 있어
누구도 쉽게 건드리지 못한다

걸음 옮길 때마다
전해오는 생의 무게를 아느냐
턱까지 차오르는 그 무게 안으로 삭이며
고개 수그리고 그날이 그날처럼

그래, 살아가는 일도
저렇듯 혼자 부서지고 혼자 끌어안으며 다스리는 것이다

이유

모충동 바람골은 전에 공동묘지였다는데
고만고만한 주택 들어서고
담장 얕은 집 한 서른 해 지키고 선
감나무 한 그루
새 집 짓는 차들에 부딪혀
툭툭 가지 부러져도
빈 집에 누가 찐 감자를 갖다 놓고 가는지
애호박을 따다 주고 가는지도 모르면서
떡하니 집을 지키고 있는
그 감나무 한 그루가
아무리 어두워도 내 기척을 알아채고 있다
실한 열매도 없이 감꼭지 떨어뜨려 마당만 어지럽히면서도
살아남을 수 있음도
내가 한사코 편들고 나선 것도
다 그 탓,
떠난 이들도
남겨진 이들도
기억해야 하는 것이 때론 힘겹다고 후루루 몸을 떨기도 하는데

별스레 시선 주지 않아도
내 속 다 안다며
꽉 다문 입을 열어 보일 듯, 열어 보일 듯
끄덕끄덕 하면서
아무리 무거워도 나를 알아본다는 것

안주하고 싶은 생

안개비 속을 달린다. 누가 오라지 않아도 질주하는 행렬들. 적
당히 생의 속도를 조절하는 잿빛 하늘, 어디고 지친 하루 내려
놓고 쉬라는 뜻인가. 모래벌로 마음 좋게 내 보내는 바다의 포
말. 애쓰지 않아도 손길 닿을 만큼의 지상을 점령해 보곤 돌아
서는 출렁임이여. 크다는 것은 갖고 싶은 욕망마저 내려놓게 하
는구나. 팔 벌려 모두 갖겠다는 허영은 아예 없어도 좋구나. 쉽
게 살아도 좋다는 너그러움에 잠시 편해지는 순간을 발로 지그
시 누르고 섰다.
이제 그만 고단하라는 신호인가
걸음이 아우성인 것은

지푸라기 하나라도 잡고 싶은 때가 있고
눈곱만한 일로도 서운할 수 있는 게
사는 일이다. 살아가는 이야기다

2부

가을강

발을 담그기엔
서먹서먹한 사이다
무턱대고 첨벙 뛰어들어도
아무렇지 않았던
그 여름
그런 사이가 아니다
시리게 맑아서
슬프기까지 한 너의 빛에
단풍도 들여다보다가
툭 속내를 떨구어 보기도 하지만
정 한 줌 보이지 않고
등을 돌린다
발 디딜 데가 마땅찮아
멈춤 없이 흘러가며
인적 뜸한 산기슭 응시하는 눈매가 깊다
품은 것은 품은 대로 흐르게 둘뿐
아무것도 어쩌지 못한다

대천에서
－ 모래펄에 새긴 언어

나는 살아있다
썰물 지는 바다를 가슴으로 받아내며
두고 간 모래펄을 넉넉히 누르며 걷는 지금
멀리 섬에서 반짝이는 불빛에 시선 두고
내 시야가 좁음을 알고
내 머리 위의 하늘이 전부라고 믿는
어리석음을 안타까워하는 난 아직 깨어있음이다
걸어온 길이 길어도
남아있는 내일을 향해
도전을 두려워않는 난
파도의 쉬임 없는 뒤척임이
끝없는 자성의 외침임을 안다

나는 살아있다
바닷바람에 나를 맡기고
흔들어 다시 서고픈 야망을 모래밭에 세우며
꿈틀대는 생명을 찾는다. 찾아낸다

강을 보듯

건너편 산 머리채를 휘어잡을 듯
소용돌이 일다가도
바라보면
유유히 평정하고 흐르는 강을 보듯
그렇게 비껴서서 바라나 보자
원망일랑 강물에 던져버리고
한 발짝 물러서서 넌지시 바라봐 주자

약한 척해도 강하게 서고
강한 듯싶으면 애처로운 저 물길처럼
다 인정하고 들어주고 참아주겠다

때로 속이 훤히 들여다보이는
슬픈 얼굴일 때
모른 척 먼 산을 보듯
내 안에서 잠재우고 말 소란을
절대 꺼내지 않으리라

앞서간 발자국이 크건 작건
내 앞길만 또박또박 헤쳐 나가면 돼
강을 보듯
나 그렇게 거리를 지키고 가꾸어 가야한다

독도 1

귀한 것일수록 멀리 두어야한다지만
눈에 보이지 않음으로
바람결에 문득문득 던져보는 돌팔매
우리
언제부터 우뚝 솟은 마음의 바위라더냐, 섬이라더냐
눈물로 바라보면 눈물 아닌 것 없듯
바다로 내다보는 세상은 흔들리는 것들 뿐
온전한 사랑, 내 것인 것은 어디에도 없다
목쉬도록 불러도 대답할 수 없는 미안함으로 바다는
대답대신 수없는 풍랑으로 스스로를 깨뜨리고 있구나
어깨 겯함으로 받아야하는 상처보다
바라보는 형벌을 택한 이 시대의 순애보
오늘도 일기예보는 무감성의 화살을 쏘아대고 있다
풍랑주의보, 절대 접근금지. 출항하려던 자들 발목 묶는 이유
를 아느냐
어긋나는 것이 어찌 사랑뿐이랴

독도 2

누구의 가슴에서 부풀어
누구의 가슴으로 스미는 일출인가요
어둠을 뚫고 질주하는 삶
진흙탕 가리지 않고
환한 곳으로 끌어 올려진 빛부신 아침
아무리 바다라도
손으로 움켜쥘 수 있는 물은
손바닥크기일 뿐입니다
가슴에 퍼 담은 그리움이 아무리 깊어도
보여지는 사랑은 눈에 보이는 크기일 뿐입니다
내 꿈은 하늘이어도
오늘은 눈에 넣을만한 일로 아파야하고
욕심껏 가지려고 물을 움켜보면
손에 담기는 건 손아귀만한 해도
다 비우고 바라보면
가슴에 와 담기는

저 온전한 모국어

흔들리는 모국어

방

한낮에도 불 켜지 않으면
캄캄하여 내 안에서 환해지는 방
한 어둠으로 지켜내는 속앓이
정자체는 없고
멋대로 휘갈겨 쓴 흘림체의 시대
뼈 아픈 어둠으로 풀어내는 내 방의 멈추지 않는 먹물이여

개망초

어느 한 시절을 뚝 떼어 말하지 않아도
지나간 날들은 무리지어 아름답다

매일 곁에 두고 보기보다
멀리서 보아야 더욱 순결하다

함부로 속을 드러내지 않아
얼핏 보면 비슷해보여도
똬리 튼 아픔은 제각각이다

죽어도 사랑은 않으리라
오죽하면
그길 택했을까

득도한, 편안한 자리
때로는 저렇듯
긴장 없는 날도 필요하다

숲에서

가위 힘주어
얽히고설킨 넝쿨인연 잘라내고 싶다
서로에게 힘이 되던 것
어깨 짓누르는 무게의 짐으로 느껴지는 저 억센 고리들
풀어헤치고
헹궈도 헹궈도 묻어날 짙푸른 분노를 삭이고 싶다, 앙금 지우
고 싶다

대부도에서

안개비 속
누가 오라지 않아도 질주하는 행렬들
바다에도 길을 내어 차를 달리게 하다니 어디에도 길은 있을
수 있고
적당히 생의 속도 조절하는 잿빛 하늘
어디고 지친 하루 내려놓고 쉬라는 뜻인가
모래펄로 마음 좋게 내 보내는 바다의 포말
애쓰지 않아도 손길 닿을 만큼의 지상을 점령해 보곤 돌아서는
출렁임이여
크다는 것은 갖고 싶은 욕망마저 내려놓게 하는구나

수신해야 할 기다림이 나만 하더냐고
깨어있음으로 응답하는 바다
쓸쓸하다는 건 들어찰 것이 있는 거라며
나를 향해 달려오다
해안의 턱 앞에서 멈춰서는 절제의 물길

더 이상의 기다림이 남아있지 않은 듯
썰물의 해안은 막무가내로 달려 나가고
발 뻗으면
녹물 우러나는 고단함으로 눕는
갯벌은
찬바람 드나드는 누구의 가슴인가
석굴구이 이글이글 타는 숯불이 밤바다를 밝히겠다는
선감포구
나뭇가지 모닥불 가에 둘러선
우리들 등으로 겨울바람은 비껴 서고 있었다
젖어야 할 것과 적셔야 할 것을 찾아 살갗 부비며, 몸 녹이며

외출복에 대하여

결코 편한 옷은 아니었어
무늬가 화려했지만
살에 닿으면 성깔 세우는 천이었어
외출복을 벗을 땐
입고 나갈 때의 볼우물은 보이지 않는다
언제 또 입게 될지 모를 옷을
옷걸이에 걸으며
입는 날보다
닫힌 옷장에서 매달려있을 날이 더 많을
외출복에 대하여
저 화려한 빛깔들이 구석지에 걸려있어야만 하는
기다림에 대하여 이게 웬 연민인가

가을산

지나온 길은 돌아보지 않고
앞만 보고 살겠다더니,
뒤숭숭한 단풍 든 날개 훌훌 털어
보낼 것은 다 보내 가볍다더니,
안개비 오는 저녁
도토리 구르는 기척에도 뒤돌아보는 산이여,
아직은 찬바람 맞을 살갗이 너무 연하고
단련되지 않았을 테지
둥지로 드는 새가 그리다 만 포물선을
오래도록 응시하는 눈매가 그렁그렁한 건
무거워도 눈 속에 그냥 넣고 살기를
산은 품은 것만큼 높았고
힘들어 기댄 어깨 상처내진 않을 것 같아
혼자서도 가고 또 갈 수 있는 곳
든든하게 내 등 뒤에 있어라
내 안에서 흙먼지일 때
너의 그늘로 축축이 눌러나 주렴

꽃에게 듣는다

안보고 안 들을래
돌 하나 집어
마음에 들여 놓는데
계단에 내 놓은 문주란 꽃대가 활짝 웃으며
저는 볼 거 다 보고
다 들어도
제 몫의 삶, 행복을 다 누린다고
사람들 세상은 뭐가 그리 복잡하냐고
고개 흔들며
지나가는 바람에게 웃어보이네
나를 보면서도 웃어보이네

낙화

아무렇지도 않게 스치고 지나는 바람에 꽃이 진다
바람아, 그걸 아느냐
아무리 하늘이 네 것이라고 해 보아라 네 것이 되는지
감꽃받침이 꽃처럼 떨어져 눕는다
무심천변 벚꽃처럼 떨어져 눕는다
버찌는 까맣게 익어서
벚꽃시절은 이미 옛날 얘기란다
어제의 분노가 가라앉아 누우니
더 이상 흙물은 일지 않는다
소리도 없이 잠잠할 뿐이다
가끔씩 우우 일어서 파문 지우곤 하는 돌자갈의 일어섬
내 눈은 거기서 멈춘다. 머리를 젓는다
사람과 사람 사이의 이 아득한 안개

비온 뒤

뭐가 어떻단 말이냐
벚꽃도 피고 목련도 한창이다
세상은 지금 입을 벌리고 있다
무슨 말을 하려고 했다가
아직 끝맺지 못하는 것일까

개기일식

누구냐
나의 빛을 가려 우리 사이에 끼어 든 너는
거부할 수 없어
바라보는 시선에 침을 놓듯
눈이 보이지 않아
현기증
돌발사태다

숲

쉽게 소리 내지 않는다
진중한 생
내면에 짙푸른 선을 지니고
바람을 잠재우게 하면서도
쉽게 감정 드러내지 않고
노하지 않고
심장 깊숙한 푸르름으로
내면을 성찰한다
그늘 찾아
하루해도 걸음을 쉬었다 가고
지친 일상들이
하나 둘 찾아들어도
반색하거나
내치지 않는 듬직한 심기에
뿌리가 굵는다
그 뿌리로 세상을 건사한다

스프링 노트

맘에 안 들면
인정사정없이 좍 찢을 수 있어서 좋다
아무 표도 안 남고 찢기도 쉽다
인간관계도 이런 게 좋을까?
스프링 노트처럼
부담 없고 편하고 아깝지 않고
이렇게 살다가는 삶이 좋을까?
스프링 노트처럼
단순하고 미련 없고 무겁지 않고
이런 사랑이 좋을까?
가볍고 흔적 없고 감출 것 없고
언제 버려도 좋고

나 자신 누군가에게
이 노트만한 비중을 주고 있긴 한 걸까
쉽게 다가가고 쉽게 멀어지는
그 어느 것도 아니었다

낙화의 변

벚꽃이 피었다. 지기 위해 태어난 화려한 군녀, 순간의 꿈을 버리고 나면 정적의 하늘을 끌어안아야 할 깊이로, 꽃잎 몇 장에 담아 보낼 무게가 아니라서 한꺼번에 내놓았다 한꺼번에 쏟아 버리는 저 속내를 아느냐. 뜸들이지 않고 내 보였다 닫고마는 단순한 일생

3부

덜 익은 모과를 딴다

반가운 사람이 온다는 전화 받고
아직은 나무에 매달려서
자신의 자태를 익혀야 할 즈음인 모과를 딴다
제일 크고 실한 놈으로 골라 담으며
나머지 것은
내가 보내는 마음으로 익으렴
그렇게 말하고 싶어지는 것이다

아직은 덜 익은 모과를 딴다
이 가을
나는 어디쯤에 서서
해마다 정겨운 이들에게
미리 따서 보낸 모과를 생각하는 것인가
가만있어도 전해지는 것이 있을 나이가 되어

어떤 눈물

두 아들 앉혀 놓고
너희를 어떻게 키웠는데, 하면서
깊이 접혀진 카드 한 장 내 보이는 데
너희가 엄마 맘을 아느냐고 하는데
울컥 보자기 하나 풀어지고
시야가 흐린 채로
목소리 깔면서 지나온 이야기 하는데
내 설움에 잠겨서
맘이 아리다

아들들 마음에 그 무늬가 다가가긴 했는지
숙연하다
말 잃고
밖엔 천연스레 비 내리고
그 빗소리가 살아온 지난날을 타이르듯
콕콕 시멘트 바닥을 찌른다

봄편지

뜬 구름다리인줄 알면서 출렁이며 나아갑니다
결국 내 가슴에 흐를 핏물인 줄 알면서 쥐어뜯고 할퀴어 봅니다
돌아올 길은 생각 않고
앞만 보고 오르는 산행
삶은 덧칠할수록 감쪽같은 페인트칠 같은 것이 아니라
나이테, 벌레 자국까지 선명한 애벌 니스칠 같은 것임을 우리
는 압니다
시가 생각나는 날
조팝의 소박한 웃음만큼도 나는 화사하지 못하고
계절의 변두리를 서성임은
꽃가루 때문일 테지요
자꾸 눈물 짓게 만드는
이 눈물의 끝에는 어떤 꽃이 필는지요
바람의 끝엔 폐쇄로가 있겠는지요

우산

비오는 날은 나를 부르지 마 이젠 젖고 싶지 않아 나도 젖는 것
들을 바라나 보고 싶어 너무 젖어서 더 이상 젖을 수 없는 것들
에게선 등을 돌릴래
양산으로 살고 싶어 내 둥근 가슴으로 정열의 볕을 끌어 들여
태양의 씨를 못자리처럼 키울 거야 볕이 있는 대로만 불려가고
부신 밝음으로 나를 영글게 할래
질척이는 삶은 정말 싫어

그러나 그건 네가 선택할 수 있는 게 아니란다. 네 수족이 성할
때 궂은 것을 위해 동행하자고 손 내밀고 누군가를 위해 자신을
적실 때만 필요한 존재, 그것이 네가 살아야할 이유란다. 누구
도 선택할 수 있는 삶은 없단다

아침의 언어

우리가 손짓해 부르지 않아도
하루의 껍질은 벗겨져
바삐 걸어오느라 헤진 신발과
빛바랜 일상의 의복과
헐거워진 희망들을 고루 살펴보라 성화를 댑니다
살차게 나무라시다가도
어깨 토닥여 품안에 들이시듯
허한 가슴에 한마디 햇살 말씀은
외로울수록 높이 뜨는 정신
숨은 길 찾아가는 끝없는 여행을 위해
숨가뿐 어둠을 걸어와
내가 선 자리 흔들리는 돌은 없는지 살펴보라 합니다

마음 시린 오늘을 사는 법을 터득하신 어머니처럼

大淸 댐에서

물보라는 거룩한 붕괴다
터질 것 같은 몸부림이다
쓸어버리는 분노다
남김없이
옛 물길 또한 그랬듯

밧줄에 묶여
저항해 보지만
햇볕 속의 가랑잎이다

6월

푸르름이 목까지 차오를 때
불러보는 우리의 노래는
산딸기로
넝쿨장미로
역사의 동맥을 타고 흐르는
진혼의 선율

흰 수건 펴면
페르귄트 조곡보다 한숨으로 넘어가는
아리랑보다
더 뜨겁게 가슴 저미는 땅

이름 하나 남겼을, 혹은 이름까지 묻혔을
더웁던 숨결들
이젠
향그런 산채로 피고
수없는 피멍 묻고 묻어 아물리는
산하

6월의 눈부신 초록은
차라리 의연한 빛줄길레라
산맥의 척추뼈마다
현현한 강물따라
6월은 빛나고 거름되고
다져지고
새로 솟으며

연하장

흐린 날
문 열면
다정한 사람
아무 기별 없이 서있을 것만 같다

인사 대신
가만히 내 손 잡으며
따슨 마음부터 전해올 것 같다

눈 닿는
곳곳에
눈물 뚝뚝 떨구도록
끝없는 만남의 약속이
기다리고 있을 것만 같다

흐리다가
기어이 비 내리면
내 그리움이 이쯤 되었다고
서둘러 달려올 것만 같다

하여, 새해에는
구름 만리에 그 사람 두고
바라만 보고픈

서리 내린 후

나무에 매달린 감이
떫은맛도 덜하고 매 맞고 난 후처럼
홍시를 닮아가는 과정이다
내색 안 해도 꽤나 호된 매질이었음이 분명하다
저리되도록 아프기도 했겠지만
체념도 배우고
내려놓고
비우고
더욱더 고개 숙이고 겸손해짐을 본다
떨어지는 순간까지
본분만 다 하거라
높은 나뭇가지가 휘청하며
맘 놓을 수 없는 바람을 가르친다
바람은 예고 없이 와서
쓸데없는 것까지 흔들어 놓고 간다고
한마디 건네는 것이다
숱한 서리를 맞고 난 후에 알았다면서

이승의 부재

통곡도 사치스러운 날이 있다
존재의 뿌리
치 떨림에 송곳이 되는
쓰러져도 일으켜 세울 수 없는
마음과 마음이 번개가 되는
그런 날이 있었다
잃어버린 나를 찾으려고
맨발로 헤매던 해풍
짙푸른 분노가 앞장서서
애꿎은 바위만 부수던 날
빈 수숫 대궁 헤집고
바람 몰아내며 벼랑에 올라도
바위 속으로 들어가도

이승은 없었다

진흙뻘

병이 깊습니다. 내디딜수록 붉은 흙이 두껍게 따라붙던 진흙뻘
세월은 지나온 죄의 두께만큼 신창 닳아져 발가락을 두어 개 밖
으로 내놓으며 내 탓이 아니라고 외면하고 있지만 정작 민망해
하는 것은 진흙 물든 발가락입니다
세월이 누군가를 쓰러뜨리는 않을 텐데, 저 가파른 길목엔 늘
누군가의 비틀거림과 피 터짐과 처연한 풀빛으로 드러눕는 포
기하는 자들의 눈빛이 있습니다
숱한 발자국 중에 다시 한번 발을 대어보고 싶은 선명한 기억들
은 대부분 눈물이 배어 있었지요

그 겨울의 꽃씨

그때 우리는 새눈이라든가 싹이라든가
그의 존재를, 희망을 잊고 있었다
기다림 뒤엔 새눈이 떠진다거나 싹으로 변신한다는 사실도
인정하고 있지 않았다
낡은 봉투 속에서 볼품없이 봉해져
이 서랍 저 서랍으로 쳐 박혀져도 버려지지 않고
어느 곳엔가는 숨을 쉬고 있었다
그들의 배역은 튀어나오지 않고 그렇게 없는 듯 있어주는 것
씨앗을 정성스레 받던 때의 꿈도
다시 시도될 한 살이의 여정에 대한 경이로움도
강추위 속에 눈보라 속에 잊혀지고
누구도 그 씨앗들을 염두에 두지 않고도 바빴다
세상엔 구태여 잊으려 하지 않아도 시야에서 멀어지면 닫히는
그런 일들만 있는 것은 아니다
아무리 눈 감아도 아른거리는 의식은 사람들 사이의 일이리라
사랑이리라
그 겨울의 꽃씨처럼 까마득히 잊고도 살아지는 일들이
우리들 사는 일이었으면, 하지만
봄 되어 걷잡을 수 없이 일어서는 반란을 보니 생각이 좀 바뀌
는 것이었다

씀바귀

쓴 풀들은
하고 많은 맛 중에
왜 제 몸에 쓴 맛을 지니고 사는 걸까
살다보면 저절로 맛보게 되는 그런 맛을
달관한 수행자처럼
달고 향기로운 속맛은
다 알고 있다는 얘긴가

해안편지

밀어내지 않으면 내가 없게 돼
악착같이 대항하여 열을 올리다
가만히 좀 있게 해 달라고 사정도 하다가
이 무슨 악연이냐고 한탄도 하다가
돌려보내면 멈칫했다 되돌아오곤 하는
저 끈기를
사랑인가 여기다가
에라 될 대로 되라 포기도 하다가
사랑은 서로를 편하게 하는 것이란 걸 깨닫고 나니
이미 모래펄로 굳어져 다 써버린 일생

문

큰마음이란 쉽게 노하지도
돌아서지도 않는 거라고
늘 그 자리에서
내 발을 붙들지도
내치지도 않는 산
화사하면 화사한 대로
쓸쓸하면 쓸쓸한 대로
진중한 추가 달린 경륜이다
때로 내 마음 읽었노라
골안개로 화답하는 산심山心에
나도 모르게 안에서 벙그는 야생화
별스럽지 않아도
툭툭 혼자 피었다지곤 하는
저마다의 꽃에 충실하라는
전갈에
마음 속 소란스러움이 덜어지고
기대어 시도 때도 없이 불러대도
누구에게나 열려있는 산문山門이 있어
안도하는 생

스스로 닫아 건 문은 쉽게 열리지 않고

산다는 건 문 여는 일로 시작되어
결국 그 문에 갇히는 것

문 열고 닫는 일이 만만한 게 아니다

계단을 오르며

저 계단을 올라야 산에 닿는다
살기 위해 필사적으로 올라야 할 산길은 아니어도
고개가 아프도록 올려다 보이는 가파른 계단을 오른다
한 칸 한 칸
아직은 올라야 할 길이 있음에 안도한다
서둘러 가지 않아도
다다르면 내려올 길을
앞만 보며 숙명처럼 오른다
뒤돌아보면 올라온 거리도 아득하다
일상에 고개 수그리고
조금만 더 조금만 더
쉬임 없던 세월
저 계단의 끝에 서면
급히 오르느라
등 돌린 채 지나온 사람도
내려오는 길엔
마주치게 되는 것을

가파름 크기만으로
생의 깊이를 말할 수 있을까

동병상련

어딜 헤매다 온 것이냐
늦가을 야산에서
시린 볼 불쑥 내밀고 멋쩍어 몸 비트는 저 진달래는
이산저산 한달음에 불태우던 열정도 무색하게
찬바람에 볼 시퍼래 가지고
앉아야할지 서야 할지 영 안절부절이다
시절을 놓치고 나서
언제고 한번은 세상 구경해야 한다고
벼른 것이
찬바람 속의 저 낯설음인가
속마음 내 보일 때를
제대로 알아야 한다는 자성의 눈빛이 역력하다
살아가는 일이 서툴러
어설피 흔들리는 저 모습은
누굴 많이도 닮았구나

꽃잎의 말

마음 부딪기다가 잠든 날
겹쳐진 꽃잎
눌러주는 무게가 실린다

억겁 인연
펴 보일 시절도
접어야 할 때가 오느니
날마다 피는 꽃 모양도
그대로인 것은 없다
나를 떠난 마음 줄 놓으려고
앙 다문 입매가 여실히 드러나서
밤 뒤척임의 깊이를 본다
눈 횡하게 밝힌
그 어느 날 아침 내 모습같은

돌덩이 매달고

어쩌자고 일상이 버겁도록
제동이 걸리나
안 되는 것이 늘어간다
햇살 화사해도
움츠러들어
포기해야하는 것이 늘어간다
내 의지가 아닌 이 브레이크 주제를
어찌해야 하나
돌덩이 매달고 길을 걷는 것이다
삶이 느슨할까봐
돌덩이 매달아
긴장의 무게를 더하는 이 굴레

송계팔경

저마다 드러내고 싶지 않은
계곡을 품고 살아가는 것이다
저렇듯 오지랖 넓게 여름내
사람 들끓게 하는가 하면
냉기 품고 좌정하면
누가 와도 반갑지 않다는 변심의 퍼런 서슬
겨울에 계곡을 흐르는 가슴 시린 노래는
꽁꽁 얼어 입 봉해도 멈추지 않는다
겉으로 하려해도
곳곳에 접혀진 문양은
소금기 묻어나는 소리꾼의 한 서린 뒷모습
누가 울음을 말리더냐
휘황한 네온사인 아래 뒹구는 허기가 스며들어도 좋을
넉넉한 기다림이 있는 한
멈추지 않을 저 물줄기 계곡의 노래는
살아있음의 알림
존재의 안타까운 긍정인 것을

원 그리기

아침운동으로 시작하는 하루
세상을 다 가진 듯
하루가 움직인다
산다는 건 원 그리기의 연속이다
입 벌어지는 일
가만히 누르는 날이 있는가 하면
콩 볶으며 동동대다 돌아서면
또 터져 나오는 일들
시간 지나면
제자리 찾아 또 잠잠해질 일들도
나름 원 위에서 춤을 춘다
그 자리 찾아올 동안
와글와글 감정싸움 잠재우다 보면
여기저기 삐거덕거리는 구멍들이
나를 빤히 쳐다볼 거다
지친 나를 일으켜 세울 일 또 생기는 쳇바퀴

하루를 닫으며
즐겁게 만든 연못에
풍덩 빠져서
무한 수면 아래로 푸근히 잠기는

이 정도는 깨고 싶지 않은 꿈이다

홀인원

잘 맞은 공이 홀로 빨려 들어가는 짜릿함
겨울자락 끝 찌뿌듯한 심신
한 방에 개운하다
살아나는 날개
아직 잔디가 제 빛을 못 내어도
고개 들고
홀로 몰려든다
뜻밖의 반전
모 아니면 도
누구에게나 반전은 있는 거구나
내 생의 홀인원은 무엇이었나
하늘에 던져보는 작은 원 하나

총량제

목단 지고
아카시아 피고
조팝 흐드러지고
때 되면 꽃들도 제 차례 알고
툭툭 제 빛깔 터트린다
조화 이루는 자연
사람 사는 모습도 총량제다
다 주지 않는다고 끄덕이며
빈 구석
체념의 무게 더해지고
그것도 섞이어 조화이루면
자연이 되는가
내려놓을 일 더해질수록
신록은 입이 무겁다

한 페이지를 넘기며

잠깐씩 오르는 우암산이
편안하게 받는다
특별한 대접이 아닌데도
그윽하고
옆 계곡 물소리며
죽 뻗은 나무 사이로 보이는 하늘
크고 작은 야생화는 그대로 잔치상이다
주저앉은 뱀 딸기
산딸기는 꽃피기 직전
5월이 내 안에 있다
이 시간 이 산에 내가 있다는 게
사랑스런 페이지가 준비되어 있다는 게
벅차다
욕심 버리면
키 낮추면 보이는 것들
넘기고 싶지 않은 한 페이지에 한참을 머문다

능선타기

담담하게 보는 세상은
능선이어도
날카로울 땐
절벽이다
살아가는 일이다
편한 데로 흘러라
물이든
시간이든
사이든
다 좋아 좋아로 마치고
롱런을 위해 시간을 쓴다
옆구리 결림이 따라붙고 허허롭기도 하다
이대로 내가 날아가 버리면 남는 건 무얼까
게임이든
연습이든
삶이든
이제는 능선이다

젊은 날의 화석

중년된 여고 동창들 만나
고성 바닷가 상족암 공룡발자국 찾아 가는 길
바다는 해안을 쓸어안으며
말 걸면서
쉬임 없는 전갈 보내느라 비가와도 피할 줄 모른다
우산 쓰고 걷는 주상절리
바닷길은 맘 쓸어내리려 쉬임 없이 다가오는데
우리들 가슴은 젊은 날로 가고 싶지 않다는 얘길 건네며
절래절래 흔든다
그 시절 어떤 대목도 만만치 않아서다
공룡발자국이 바위에 화석으로 새겨지듯
젊은 날 힘겨움도 어느 돌 위엔가 새겨져 있음인가
쓸어내지 못하고 얹혀있는 가슴팍 화석 때문인가
언제 적 흔적인데
화석이 지문 된 저 흔적을 보러 바닷가를 걷고 또 걷는다
밀물은 쉬임 없이 흔적을 쓸어내려하지만
굳건히 버티고 선 바다의 전설
비는 그칠 듯, 그칠 듯 쏟아지길 반복하며 바다로 쏟아지고
또는 덤벼들고 중얼댄다
어제와 오늘의 차이에 대해

변화된 10대의 미래에 대해
세월 흘러 화석이 되었을 그 시절에 대해
세월의 차이에 대해 설명하지 않아도 안다
살아있는 정신 하나로 우뚝한 바위 되는 우리들

남이섬 연가

누구의 마음이든
이렇게 뚝 떼어 멀리 놓으면
아프고 그리운 거지
아침저녁 쪼르르 달려가지 말라고
사이에 배 띄워 두고
거리를 둔 거야
다가갈수록 심한 갈증 탓에
좋은 사이
빛바랠까 봐
물 이편저편 떨어져서
그리움 키우라는 거지
산다는 게 내 맘처럼이야 될까만
소중한 거 멀리 두고 바라보는 것도 사랑이야
비밀한 가슴 한 켠 두고 가려고
모인 사람들
무심히 배를 탄다

4부

봄, 무심천

소리 없이 오케스트라가 열려도
관객이 어찌 알고 모여드는 것 좀 봐
눈에 보이는 선율
악기마다 제 차례를 기다려
툭툭 치고 나오는데
관객과 교감하는 봄, 오케스트라는
플루트 솔로에 열광한다
벚꽃이 얇은 잎으로 소리를 날려
주변을 흔들어 놓는다
입을 벌리고 다물지 못한다
황홀한 공연장

의문

연습한다고 내 보낸 플루트 소리들은
다 어디로 간 것일까
덜 된 놈, 모자라는 놈, 기를 쓰고 악을 쓰던 놈들
떠나서 어디에 곤두박질치거나
허공에 떠도는 것이었더냐
아니야, 이것도 아니야 하다가
어쩌다 괜찮다고 여겼던 것들도
더러는 있었지
이 정도면 괜찮아 하는 날이 오면
떠돌던 소리들도 그 소리 기억하려나
한 음 한 음 달래기도 해보면서
구박덩이들
아니야, 아니야 하며 마구 쏟아내면서도
달래지지 않고
무차별 사격으로 쏘아댔던
그 많은 소리들은 내게 무엇이 되어
돌아와 주려나
언제까지 소리를 내고
또 반복해서 살게 되려나
아직 이렇다 할 효자 놈 하나 없는데

아끼고 싶은 것들

호젓이 접어든 10월 산자락 같은 날들
알뜰히 아껴야지
내 시간 누리며
정 나누고 다지며
오래된 것 꺼내서
햇살에 헹궈두고
들깻잎 따서 양념 얹듯이
가지런히 차곡차곡
일상을 널어 말려야지
가을로 쑨 풀물 스민 듯
풀풀 살아나라고
어둡고 추울 때
아껴둔 식량되라고

겨울의 문턱에서

김장독을 부시며
진한 가을 멀미도 여름내 신열도
함께 쏟는다

김장 소금은
진하게 푸는 게 좋겠다

잠속으로
온갖 양념들을 뿌리고 들어가
하얗게 밤새우던 날들
어수선한 머리도
푹푹 절인다

지난 봄
김장독을 부실 때는
빈 가슴이 홀가분하여
뭔가를 꽤 할 것 같더니만
또다시 겨울 오도록
소중히 안고 있는 건
먼지뿐

올겨울엔
사람들 사는 얘기가 퍽 재밌을 거 같다지?

뉴스를 보다가

쓰레기 종량제를 앞두고
꽤 쓸만한 물건도 마구 버려댄다
자칫하면 돈 내고 버려야 하니까
'알뜰한 사람들은 그 물건 주워다가 재활용한다'고
크게 화면에 비칠 때,

저렇듯 버리다가
신의 실수로 잘못 버려진 사랑이 있다면
'이그, 아까운 것.'
누군가 주워다 윤내고 닦아
제 것으로 만든다면
또, 행복하다면
저를 어쩌지?

풀 뿌리의 말

땅속, 그 속 어둠 속에서
물 길어 올려
살은 살을 피우고
녹향 길러 풀이 되었지

잦은 소리말을 버리고
바람으로 대신 삶에
섶불소리로 일어나
긴 둑을 타고 살아가는 눈빛이
한 톨 말씀 여물기 전엔 좋아
낮은 귓속말이 좋아

쉽게 뽑히거든
뿌리로만 말하고 있으면 된다
잎과 줄기는 가득히 비어있어야 하니까

겨울 散調

1. 겨울강

너와 나 숨 쉴 틈 찾으라고
세상 망막은 빙원
쩡쩡 소리도 질러보자야
두려움 없이 맞서고
맞이하여
섞일 수 있는 한 하나로 흐르자고
지금은 한된 강
그 밑으로 흐르는 파뿌리

2. 집

세상에 와서 받은 것
한 껍질 한 껍질
벗어주고,

책 몇 권쯤은
재로나마 가져갈 수 있음이
크나큰 행복

맨몸으로 풀어져
하얀 뼈로 아름다울
흙무덤

3. 한국 문학사를 읽으며

어느 페이지쯤엔가
소롯한 보리싹으로 서고픈
동면의 살찐 뜻
시린 등 포개어 검은 흙 밭 한 떼기
일구고자

바람에게

비밀만큼 다급한 당신의 바다에
나는 빠져서
물젖은 나비가 되네
온몸 마비되네

그저 막막히 바다에 젖는
내 작은 손수건이
예측할 수 없는 넓이와 맞서서 나부낄 때
숨을 죽인 파도는 이 세상의 무엇인가
무엇이 되려는가

안스러운 하늘
부릅뜬 눈으로도
어찌지 못해
헛일삼아 떨어뜨린 빨간 깃발이
가슴 찔러도
빠진 곳은 분명 꿈속 바다

안개

울지 말아라, 울지 않는다
지그시 이를 물 때
부서져 흩어진 그렁그렁한 눈 속의 알갱이들
시야를 막는 생의 무게들

어금니

몇 평 텃밭을 지탱해온
고임돌
산이 흔들려도
작은 풀뿌리는 뽑히지 않지
남의 춤사위에
까딱 않을 뚝심 때문에
직조된 연분
있는 듯, 없는 듯
솔과 바람소리로 섞여 살아도
그 어느 날엔가 있을
부재에는 준비가 없다

빨래터에서

얼음이 있고, 물이 흐르고
시린 아픔이 아리다
지우기 위해 비누거품 내어 문지르고
불끈 힘주어 문지르고
방망이질을 한다
공허한 소리 탱탱하게 맞서는
찬 공간
여인의 가슴팍 그 소리
잘게 머물고,
지울 것 다 지우려고
안간힘 쓰는 손엔

한밤중에

한밤 깨어보면 낯설다
문득 내가 낯설다
누구일까, 여긴 어딜까
불을 켜야 하는데, 켜야 하는데

밤기차를 기다리는 간이역 대합실
연탄난로
더딘 초점

관 같은 나무의자에 누운
새우등
언뜻언뜻 스치고
무심결에
내가 기다려야 할 차표를
기억하려 한다

나무의 말

구멍 숭숭한 속내
봄바람에 쏟아 놓아 보지만
허기만 더할 뿐
예외 없이 미선나무도 피었고
산수유도 벌었다
겨울은 가도 폐허는 남아
일어서려는 나목들을
엉거주춤 잡아당기고 있다
뿌리로 무거워져라
꽃이 아니거든
세상을 밝히는 것은 환한 것만이 아니다

구름

설렁이는 바람새로
하늘 가만 올려다보니,
예속살 제속살
끌려 다니는 구름
네 편 내 편
다 싫으면
외톨이

앞서거니,
뒷서거니,
발목
뜬
구름

풀

순한 기질을 품고 살아도
때론 닿기만 해도 베일 듯이 날카롭지요
그 칼이 한참이나
내 안에 있었어요
평온을 가장했지만
닿기만 해도
마음이 베어 나갈 만큼 아팠지요
내 안에 오래된 풍금 하나 들여놓고
잔잔한 음률을 그리진 못해도
이게 뭔가
풀잎, 둥근 풀잎이라고
다 부드러운 건 아닌데

새해 아침에

새해 아침은
우리들 마음 속 기도를 품어 안고
옹색한 마음의 영토에 새움 틔울 설레임으로 온다

안팎의 세계를 열어젖히며
깊고 낮은 산실에서 불끈 솟는
튼실한 태양
온 산하의 기대를 향해
미덥고 푸근하게 응답하는
저 눈부신 빛
욕심껏 품어도 소박한 꿈의 처마 위에서
힘없는 어깨 위에서 더 오래 머무는 온기

새해엔
온전한 사랑으로 다독이는 넉넉한 한 해
나눔의 따사로움이
꽃 벙글 듯 웃음 건강한 나날로 거듭났으면

새해 새아침은
우리들 깨어있는 희망 속에서
더욱 진솔하게 빛나고 있다

햇살 밝은 날

우리 아이들은
가끔 교문 앞에서 턱 고이고 있다가
출근하는 나를 우르르 반긴다

이런 날은
이슬 머금은 풀꽃들이
저마다 크고 작은 꽃등을 켜고
너도나도 지르는 함성에
햇살이 무너져 내리고

그 눈부심에 가슴이 뛰었다

일출

누구의 가슴에서 부풀어
누구의 가슴으로 스미는가
어둠 뚫고 질주하는 삶
진흙탕 가리지 않고
빛은 있었다
환한 곳으로 끌어 올려진
세월의 남루가 빛 부셔 눈을 못 뜨는 이 아침

쑥뜸

아직은 할 일이 있는데
내 몸 불살라
남의 살 덥이라 하느냐
세상에 그렇게 데이고도
뜨거운 순간을 맞이해야 시원해지는 아이러니
쑥뜸은 잠시 빛을 보기 위해
향은 오래 간직해야 한다

4월이라고

누가 시키지 않아도
앞 다투어 속내 내놓는 꽃대들의 웃음 천지
봄나물들의 매무새며
연두빛 행렬이 내 앞에 정렬한다
좋아, 좋아
이게 웬 호사냐고
꽃샘추위가 훼방 놓아도
힘 있는 한 획
"앞으로!"
아무도 막아서지 못한다

꽃잎을 따며

이동 축하로 보내온 화분
꽃 매단 채 말라가다
스치기만 해도
기다렸다는 듯 생명줄을 놓는다
화려하게 주변 밝히던 호접난이 때를 기다려
옳다구 이제구나 하면서 마감한다
누군가 손길 닿기를 기다린 것인가
임종이 아쉬워 연연하던 차인데
꽃 매달렸던 자리였을 뿐
흔적도 없고
시선 지긋이 받아주고만 있다
한 번 핀 꽃은 저렇듯 지고 마는 것을
문득 눈길가면 꽃잎 매달았던 시절의
호사스런 줄기를 생각한다
지난 일임을 뼈저리게 느끼게 하는

여유

나는 지금 앉아서
서 있는 내 분신들을 하나씩 앉히고 있다
제자리로 가라
책꽂이에서, 옷 서랍에서, 노트에서
헝클어진 무질서가 부산하게 움직인다
서 있는 것들을 제 자리에 앉히며
무엇으로 발 못 붙이고 살았나
나를 돌아본다
궤도를 벗어난 별은 추락하고 만다
제자리 지킬 줄 아는 것 또한 얼마나 큰 미더움인가

햇살 한 통

한파 예보에도 내 일터로 달려와
익숙하게 문 여는 주인을 맞이하는데
눈부셔
반가움보다 커튼으로 우선 가로막고 말았네
회의 마치고 황황히 다시 걷어 올리며
내 마음 가지런히
고를 것 고르고
삭일 것 삭이고
스팀다리미 작동하며
하루 일과는 햇살에 펼쳐진 알곡이 되네
볕에 말리고 적당히 태우는
내 피부로 한 통의 편지를 받아버린 날
별스러울 것도 없는 하루가
허리 펴고
반듯한 걸음으로 걸어 나가도록

저 숲에도

저 숲에도 휴대폰이 있다
바람에 뒤집히는 잎새들
웅성거리며
기다리는 전화가 오지 않는다고
맘 태우고
누구 전화한 사람 없냐고
부재중 전화가 있어 궁금하다고
수신음을 보내온다

봄 산

기분 좋은 햇살 손가락 빗질하며
가볍게 내쉬는 숨결에도 묻어나오는 연둣빛, 빛, 빛…
가만, 저 그윽한 눈매는 누굴 향한 것이지?

영산홍은 반쯤 입 벌리고
이리와 꽃술 한 잔에 취해 보라하고
4월 매혹에 무너져 보라고 하고

쉬지 않고 출렁이며 누군가를 불러도
아직 터트려야 할 비밀이 너무 많아 살맛나는 해살의 은밀한
산행

저를 어쩌나, 활활 불길 솟으면…

배경

바람 불 땐
잠잠하던 대청호도 온몸 비틀며
반란에 동조하고 있었다
소나무 사이로 바라보이는 하늘은
있는 힘껏 푸르름 발산하며
그들 생의 배경이 되어 주려했고
바람을 피해 차창으로 물끄러미 바라보는 나 또한
배경일 수밖에 없었지
작은 흔들림에도 추스리지 못하는
나약함이야 어찌 저 수면 위의 파문뿐이랴

설 명절에 흔들리는 인파가
일렁이고
TV특집 쇼에 나를 내 맡기고 핫백을 끼고 견디는
내 모습 또한 수면 위로
달려가고 있었다
마음은 무게를 감추느라
깊이깊이 내려앉고 있었다

산책

코딱지만한 꽃을 단 풀들이 눈에 들어오는 시간
방금 비 그친 싱그러운 기운에 나를 쓸어 빗어본다
묻어본다

아무리 바빠도 때 되면 제가 지닐 향기와 잎과 그늘을 거느리고
자신을 드러내지 않으면서도
스스로 바람 물결이 되고, 일렁임이 되는 숲
비에 꽃을 버리고도
뿌리에 불끈 힘을 주며 새 힘으로 선다
구멍숭숭하여 잃는 것이 더 많았을 동동거림의 틈새
나무 옆에 기대 서 본다
사람과 사람 사이엔 안개가 있다고
골안개 꾸역꾸역 내게서 핀다

넝쿨장미

나야 나
여기저기서 전화통화가 한창이다

담벼락에 기대어
화단에 나와 서서
학교 담장 둘러싸고
친한 친구끼리 통화에
정이 익는다.

그래 그래 연초록 물결들의 마라톤이 시작되었다고?

담장에 나와서 구경하고 박수치는
너희들이 있어
싱그럽게 술렁이는 이 여름

환한 얼굴로
이보다 더 크게 웃을 수 있으랴

궁금한 것들

까르르
아기 웃음에
겨울 지낸 나뭇가지들은
뾰족이 움틔우며 대답하고

앞니 나서 간지러운 아기
입술 내밀어
오물거리면
봄 햇살들 다가가
쪽쪽 신이 나고

쉬임 없이 옹알대는
아기 이야기에
꽃등 켜고 참견하는
풀꽃들

아기에게 궁금한 게 많아서
새봄은
걸음이 빨라집니다
세상을 신비롭게하는 아기가
궁금해
봄비는 톡톡 아기 방문을 두드립니다

잡초밭

마음의 문은 닫혀
보는 이도 없는데
아무 것도 모르고
꽃이 피고
잡풀이 무성하고
그렇게 하루가 뜨고 진다
세월 가면
영영 문 열 수 없도록
수풀 우거지고
전설처럼 별빛이 쏟아져 내릴 곳에
이따금 바람이나 스쳐 지나갈
오래된 묵밭
기다림도 기대도 내려놓을 일만 남아
흔들림마저도 눈물겹구나
보는 이도 없는데
혼자 피는 꽃들이 아름답기까지 하구나

조율

산자락 접어들면
발길 후하게 잡아끄는 풀꽃들의 다정함

세월 갈수록
종종댈수록
헐렁한 게 정이 간다

더하거나 뺄 것 없어도 좋은 만남
약속도
나눔도
한 템포 늦추기
한 치수 늘리기

한 박자 늦추기 리듬에 나를 싣고
헐렁한 생각들 받아 적으며 생각한다

보내고 버릴 것에 연연하지 않아야
옹색한 면적 펴지고
스스로 만든 틈새로
이런저런 것들 가만히 꺼내 흔들어 보내곤 한다는 것

봄 냉이국을 먹으며

추위 견딘
냉이가
봄이라고 식탁에 올라 왔어요

힘든 거 이겨내고 올라온
봄 냉이라
향도 짙고
맛도 좋다는 식구들 칭찬에

새 학기 맞은 아이
'맞아,
나도 잘 참고 씩씩하게 잘 해서
한 학년 올라간 거야!'

해찰 떨던 숟가락이
빨라집니다
훈훈한 맛이 마음 가득 퍼집니다

어떤 울림

한낮 익숙한 길 달리며
폭염을 무심히 가로지르는데
깊숙한 울림이 전해진다
돌우물을 들여라
물소리 혼자 듣고
위안 받을 나만의 돌우물
흔들지 못할 무게로 깊어져라
힘 있는 전갈에 반사적인 끄덕임
내려놓아라
받아들여라
바다가 빠져나간 듯
속이 횅해진다
나를 어디다 잃어버리고 살았을까
달라진 내 걸음을 어디다 감추고 싶었을까
이 진중한 소리는
언제부터 발아되어 내게 왔는가
두발에 불끈 힘을 준다
그렇게 선다

맨발인 채 정지한 화면을 캡쳐한다

버리면 안 되는 거

오래된 집 떠날 준비 하느라
끌어안고 살던 책이며 가구들이 마당으로 나간다
찬기 도는 아침
동네 폐휴지 가져가는 할머니
'버리면 안되는 게 들어있어서 세 번째 방문하셨다'고
증정품으로 받은 오래된 손목시계다
이걸 돌려주려고 여러 번 방문하셨다니
버리면 안 될 것 같다는 시계 상자를
할머니 손에 쥐어 드리니
몇 번이고 인사 하시는데
이사 갈 생각에
수십 년 지녔던 버리면 안되는 게 버려지는 것에 대해
생각하게 하고
버려진 물건 돌려주려하신 그 분 마음이
내 안을 깨우는 시계소리로 돌아가고 있었다

해설

순수의 향기 진동하는
자애의 미학

손희락
(시인 · 문학평론가)

순수의 향기 진동하는 자애의 미학
(김호숙의 시세계)

손희락

(시인 · 문학평론가)

1. 삶의 궤적과 시의 표정

　김호숙 시인의 삶은 두 갈래로 구분된다. 천직으로 인식한 교사의 삶과 1993년 『자유문학』을 통하여 문단에 데뷔한 시 짓는 인생이다. 시세계를 일별하기 전에 삶의 궤적을 추적한 것은 시에서 표출되는 독특한 표정 때문이다. 시력(詩歷) 25년을 맞는 중견 시인이지만, 언어의 표정이나 시적 메시지는 어린아이 눈동자처럼 반짝거린다.

　개인의 성격, 철학, 직업, 가치관 등은 시세계를 구축하는 과정에서 영향을 준다. 난해한 시에 효용가치를 둔 시인은 기교적 작품만을 고집한다. 진솔한 시에 의미를 부여하는 시인은 '소통중심'의 쉬운 시를 쓰지만, 한 편 시에는 개인의 철학과 생애가 담겼다는 공통점이 있다.

잠시 걸음 멈춰보라고
에서 제서 인기척
내게 얼굴 보여주고 가겠다고
곱게 차리고 매달려 있는
저 의리의 가을 숲, 잎새, 잎새
그래, 그래, 정이란 이런 거지
훌쩍 못 떠나고 기다려 주고
손 흔들어 주고
끄덕끄덕 지켜봐주고
떠나고 나서도 가끔은
있던 자리 서성여주고 그런 거지
바쁜 마음 눌러 앉히는 단풍잎 하나
툭 내게로 온다
아는 체를 한다

—「잎 하나가」전문

　전연 14행으로 짜인 이 시를 음미하면 입가에 미소가 머문다. 시적 표정은 금방 세안을 마친 듯, 맑고 투명하다.
　가을 숲에서 단풍잎 한 장과 교감한다는 것은 섬세한 감성의 소유자이다. 이 시에서 연상되는 것은 해마다 돌아오는 이별 장면이 탐색된다. 시적 상황은 단풍잎 한 장을 손에 들고 있지만, 정든 교정을 떠나가거나, 곧 떠나 갈, 제자들의 모습으로 의인화하여 표현한 작품이다.
　3행에서 "얼굴 보여주고 가겠다." 7행에서 "훌쩍 못 떠나고 기다려주고" 8행에서 "손 흔들어주고" 10행 이하에서 '떠나고 나서도 가끔은 / 있던 자리 서성여주고 그런 거지' 등의 진술은 흥미롭다. 단풍잎과의 교감 중 교사의 자의식, 심리적 면이 투영 되었다. 삶의 궤적과 시적 표정은 분리 될 수 없음을 확인하게 된다.

화자의 시는 부드럽게 읽히면서 소통이 된다. 독자가 이해할 수 있는 시, 언어를 음미하면 자의식을 탐색할 수 있는 시, 시적 메시지로 삶의 활력을 얻고, 행복감에 젖는 시, 그런 시를 짓는 것이 욕망인 것 같다.

아이들을 가르칠 때, 쉽게 이해시켜야하는 교육방법이 시 창작 과정에도 적용되어 난해함을 배척한다. 김호숙의 시적 특징은 ① 독자를 위한 출구 개방 ② 진솔한 언어 구사 ③ 사물과의 순수 교감 ④ 시적 직관의 안착 등이다.

이미지 조형에서 약간 풀어진 것 같지만, 악기를 연주하듯 언어운용을 섬세하게 하는 까닭에, 콕 집어서 논하기 힘든 시적 감동과 운율이 살아 있다. 특히 언어구사의 순수함은 정서적으로 메마른 독자의 삶에 평화로운 휴식을 선물한다.

2. 사랑이 감지되는 의식의 촉수

복숭아가 상자 안에서
살을 맞대지 않으려고 포장에 둘러싸여 있지만
안으로 삼킨 말들끼리 부딪히며 상처로 드러누워 있다
서로에게 가까이 다가가지도 못하는데
내 살이 닿아 상처가 생길까 두려워
몸을 뒤척이지도 못한 채
익을 대로 익은 살들이 서로 아파하며
짓무르고 있는 상자 속
서로를 돌봐주려는 맘이 향기로 퍼져 나오는가

코끝을 잡아 끄는 농익은 냄새
이건 뭔가

나무에 매달려 서로를 알아가던 시절
옆모습 곁해 있는 것으로
세상이 제 것이더니
나란히 누워서도
서로에게 상처 될까 미안한
익을 대로 익은 인연을 골라낸다

— 「복숭아」 전문

이 시는 잘 포장된 상자를 개봉해서 살펴보는 시적 정황이다. 눈으로 보고, 마음으로 느낀 진술에 불과한 것 같은데, 시의 이미지 안에서 시심(詩心)과 복숭아 향이 혼합된다. 평자가 주목한 것은 '언어적 표현'이다. 1연 4행이하의 진술은 중년의 인생길을 걷는 '감성'이라기엔 순수하다. 개봉한 상자 안을 살피며 그렇게 의식했다는 것은, 사랑으로 충만한 감성임을 유추하게 한다.

이 시의 결미에서 '서로에게 상처 될까 미안한 / 익을 대로 익은 인연을 골라낸다' 진술하고 있지만, 조심하는 캐릭터가 포착된다. 일상의 사건을 모티프로 한 작품의 핵심은 '관심'과 '애정'이다. 상자를 열며 느낀 시적 시각, 시적 발상도 특이하지만, 서로 상처 주지 않으려고 누워서 뒤척이지 않는다는 의식의 촉수는 대단하다.

시인은 복숭아 상자 안에서 기쁨과 슬픔, 기대와 절망의 공존을 본다. 잘 익은 것이나 썩어버린 것이나 동일한 애정을 표출한다. 썩었다고 덥석 집어내는 것이 아니라 조심조심 골라낸다. 인용 시 「복숭아」는 인간의 의식구조에 침을 놓는다. 단순 복숭아가 아니라 올망졸망 아이들의 모습으로 변환되어 짓무르고, 썩어가는 것, 우리가 사랑해야 할 소중한 존재에 대한 인식과 통찰을 요구한다.

우리 아이들은
가끔 교문 앞에서 턱 고이고 있다가
출근하는 나를 우르르 반긴다

이런 날은
이슬 머금은 풀꽃들이
저마다 크고 작은 꽃등을 켜고
너도 나도 지르는 함성에
햇살이 무너져 내리고
그 눈부심에 가슴이 뛰었다

―「햇살 밝은 날」 전문

시의 제목을 「햇살 밝은 날」이라고 붙였지만, 이 날의 일기가 특별히 좋다는 의미는 아니다. 선생님! 하고 반겨주는 아이들의 '함성'이 무지갯빛 햇살이고, 그 햇살의 눈부심에 '가슴'이 뛰었음을 진술한다. '가슴이 뛰었다'는 시적 표현은 교사의 궁극적 지향이며 소망이다. 오랜 교직 생활에도 아이들을 향한 '사랑'이 방전되지 않는 이유는 소명의식 때문일 것이다.
이 시에서 우르르 몰려든 아이들의 모습과 미소로 화답하며 끌어안는 시인의 모습이 교차하지만, 정신적 순수 면에서는 연령의 차이가 미

미할 것 같다는 생각이 든다.

선생과 아이가 엇비슷한 사고와 의식으로 교감하며 사랑할 수 있을까? 김호숙의 시편들은 그 물음에 대한 답을 '간접적'으로 하고 있다. 쿵쿵 가슴 뛰게 하는 아이들이 있어 그의 삶은 행복에 젖어 있다.

3. 무르익은 존재론적 성찰

김호숙 시인의 의식은 어린아이 같은 '동심의 세계'에 머물러 있다 해도, 중년의 인생길을 걷는 자아는 고독과 허무에 젖을 수밖에 없다. 자아 정신세계와 육체적 현실사이에 괴리감이 크다보니 시적 언어는 내적 갈등이나 존재의 성찰로 이어지게 된다.

> 아직은 할 일이 있는데
> 내 몸 불살라
> 남의 살 덥이라 하느냐
> 세상에 그렇게 데이고도
> 뜨거운 순간을 맞이해야 시원해지는 아이러니
> 쑥뜸은 잠시 빛을 보기 위해
> 향은 오래 간직해야 한다

— 「쑥뜸」 전문

병든 사람의 '관절'을 치료하는 '쑥'은 흔한 약재이지만, 제 몸 불태워 희생한다. 아이들을 가르치는 교사이기 전에 어머니인 화자의 삶은 '한줌 쑥'과 같다.

여성으로서 끝없이 일하고 싶고, 사랑을 나누어주고 싶은 '본능'은 생성의 근간이다. 수많은 일을 하며 한줌 '쑥'처럼 살았는데, 이제 나는 무엇을 해야 하는가, 고뇌와 갈등에 사로잡힌다.

유추컨대 삶의 지향은 아이들에게서 문학예술의 공간으로 서서히 이동할 것 같다. 김호숙의 시(詩)는 한줌 '쑥뜸'처럼 치유기능이 있다. 시적 기교보다 시적 진실을 중시한다. 대부분의 시들이 '교훈적'이지만, 진솔한 언어는 상처 입은 인간의 절망에 닿는 순간 치유의 효과를 나타낼 것이다.

저 숲에도 휴대폰이 있다
바람에 뒤집히는 잎새들
웅성거리며
기다리는 전화가 오지 않는다고
맘 태우고
누구 전화한 사람 없냐고
부재중 전화가 있어 궁금하다고
수신음을 보내온다

—「저 숲에도」 전문

전연 8행으로 짜인 이 시의 시적 정황은 특이하다. 시인은 어느 날, 숲속에서 휴대폰 멜로디를 듣는다.

2행 이하에서 '바람에 흔들리는 잎새들의 몸짓을 웅성거림'으로 표현하였지만, 산 속, 자연의 '화음'을 듣는 청각을 가졌다. 휴대폰 음은 세상 소란스러운 공간에서 울리는 것이 아니라 숲속 고요한 공간에서도 들리더라는 멋진 인식은 자아성찰의 소산이다. 인간은 살아생전 숲에서 '소리'를 듣고, 죽음을 맞이한 후, 눈을 감고, '소리'를 듣는다. 이 시에서 울리는 수신음, 전화벨소리, 전화를 한 존재의 확인 등은 자타 대인관계를 상징한다. 단순, 간결한 표현 같지만 오묘한 진리가 내포되어 있다. 아름다운 시어를 구사하여 형상화 하고, 예술로 승화 시켜, 휴대폰 울리듯 이 세상에 내어 놓는 것은 모든 시인들의 공통된 바람이다. 화자의 의식에서 표출된 시어들은 언어미학의 구축에 있어서 절묘한 포즈를 취한다. 언어취택에 고민하지 않고, 언어를 인위적으로 가공하지 않고, 영적 허기를 채워 줄 시적 재능이 포착된다. 이런 재능은 하늘이 주신 선물일 것이다.

4. 자애의 미학

김호숙 시학은 '자애'가 중심이다. 열정적 사랑이 뜨겁고, 한순간 타오르는 불길이라면, 자애는 삶의 마지막 순간까지 인연 닿는 대상들을 끌어안는 '사랑의 헌신'이 아닐까 싶다.

까르르
아기 웃음에
겨울 지낸 나뭇가지들은
뽀족이 움트우며 대답하고

앞니 나서 간지러운 아기
입술 내밀어
오물거리면

봄 햇살들 다가가
쪽쪽 신이 나고

쉬임 없이 옹알대는
아기 이야기에
꽃등 켜고 참견하는
풀꽃들

아기에게 궁금한 게 많아서
새봄은
걸음이 빨라집니다
세상을 신비롭게 하는 아기가
궁금해
봄비는 톡톡 아기 방문을 두드립니다

　　―「궁금한 것들」 전문

　　4연 19행으로 짜인 이 시에서 아기 웃음, 아기라는 단어는 5회 등장
한다. 이 시에서 '아기'는 봄을 기다리는 '모든 것'들을 상징 한다.
　　시인은 「궁금한 것들」 이라고 제목을 붙인다. 자연을 향하여, 사람
을 향하여 궁금증을 갖는 다는 것은 '자애'의 심정을 소유한 때문이다.
　　이 시는 미적형상화가 특이하다. 동시풍의 시에서 모든 사물을 끌
어안는 '봄비' 같은 존재로 부각된다. '봄비가 톡톡 아기 방문을 두드리
듯' 어린아이에서부터 이웃에 이르기까지, 자애로운 관계를 유지하였
을 것 같은 생각을 떨칠 수가 없다.

등꽃이 피었네요. 문밖에서 가만히 나를 지켜주다가 누군가 창틈으로

편지를 밀어 넣듯 불쑥불쑥 향기를 보내주던 그 사람

등 휘어지는 고통 속에서도 저렇듯 고고하게 꽃을 피웠네요. 아주 쓸쓸할 때면

내 안에 들어 불을 켜던 그 사람

지금은 어디 있나요?

— 「지금은」 전문

이 시에서도 타고난 성품과 자애로운 인격을 유추할 수 있다. 이 시의 '그 사람'은 다양하게 변주 된다. 스승의 곁을 떠나서 세상길을 걷고 있는 제자일수도 있고, 인생길 한 모퉁이에서 스쳤던 추억 아름다운 대상일수도 있고, 한 아파트에서 정주고 살다가 떠난 근황 궁금한 이웃일 수도 있다.

이 시의 핵심은 '지금은 어디 있나요' 찾고, 부르고, 그리워한다는 점이다. 자신과 인연이 닿았던 대상을 기억한다는 것과 한 편 시로 형상화 하여 자애로운 목소리를 안치 시켰다는 것은, 그 가슴 속에 '사랑의 강'이 흐르고 있다는 증거이다. 자신과 이웃, 타인에 대한 '자애'는 노력으로 얻어지지 않는다. 원초적 천성일 뿐이다.

5. 마무리

긴 세월, 천직으로 여겼던 교단을 떠나기 전, 한 권의 시집을 상재한다는 것은, 아름다운 추억을 영원히 간직하며, 이제 새로운 길을 걷겠다는 결심이다. 아이들을 살피던 관심의 눈빛이 시에게로 집중되어 언어형상화에 힘쓴다면, 퇴직 이후, 엄습할 고독과 허무에서의 탈피는 어렵지 않을 것이다. 영혼을 사랑하여 언어의 밥을 짓는 시인에겐 '퇴직'이란 없다. 호흡이 멈추는 마지막 순간까지 언어를 매만진다. 고로 김호숙 시인의 노후 준비는 완벽하다.

화자의 시편들은 대부분 그대로의 사실을 나열하지만, 순수한 언어, 잔잔한 운율, 의미 깊은 메시지의 안착 등, 시적 효용가치가 있다. 소녀 같은 감성으로 독자의 마음을 평안으로 이끄는 시, 인연 닿는 독자들의 일독을 권한다.